Franziska Höllbacher und Judith Allert

Chilli, die faulste Piratin der Welt

Dieses Buch ist mit viel Liebe entstanden.

Du findest uns auch auf Instagram unter @icherzaehldirdiewelt
Teile deine Fotos unter dem Hashtag #icherzähldirdiewelt
und #verlagarsedition mit uns. Wir freuen uns auf dich!

Du möchtest noch mehr von uns kennenlernen?

Friedrichstraße 9, D-80801 München

ISBN 978-3-8458-5996-5

www.arsedition.de

MIX
Papier | Fördert gute Waldnutzung
FSC® C002795

CHILLI, DIE FAULSTE PIRATIN DER WELT

Erzählt von

Franziska Höllbacher (Illustrationen)

und Judith Allert (Text)

arsEdition

SCHUNKELSCHUNKEL!

Das wogende Meer lässt das Piratenschiffchen sanft auf und ab schaukeln. Darüber kringeln sich kleine, feine Flauschewölkchen. Eine sieht aus wie eine Birne mit Ohren. Eine andere wie eine fliegende Schildkröte. Ein paar Möwen drehen im Himmelsblau ihre Runden, und Piratin Chilli liegt mal wieder auf Deck in ihrer Hängematte, die Nase tief in ein Buch vergraben. Dort findet man Chilli eigentlich fast immer. Auf allen Weltmeeren, nah und fern, heißt sie schließlich nicht umsonst die faulste Piratin der Welt!

Ihre Katze Pudding dagegen ist wie üblich schwer beschäftigt. Sie putzt und schrubbt und schwingt den Staubwedel mal wieder so heftig, dass Chilli fast in einer Staubwolke verschwindet – sie liest aber trotzdem weiter. Ist gerade nämlich unheimlich spannend!

Müssen Piratinnen nicht Schätze rauben? Andere Schiffe erobern?
GEIST
ALIEN
TEDDYBÄR
Hihihi, gibt's ja nicht!
VAMPIR-
R-PILZE

Neee, oder?
VAMPIR-
Die letzten Seiten heb ich mir für später auf!
Jaja, und ich muss wieder die ganze Arbeit machen!

GÄÄÄHN!
SCHNARCH
SCHNARCH

PLUMPS!!

„Mensch, Pudding, ich hab vielleicht was Cooles geträumt!", ruft die faulste Piratin der Welt, nachdem sie aus der Hängematte gepurzelt ist. Sie gähnt, reckt und streckt sich und rappelt sich vom Boden auf. „Das war genau wie in dem einen Buch … Äh, in welchem nur?" Mit der rechten Hand reibt sich Chilli den Po, während sie mit der linken ihren riesigen Bücherhaufen durchwühlt. Der ist ungefähr so groß wie ein Buckelwal. „Da war eine Horde Außerirdischer. Ach nee. Eine Seeungeheuer-Bande war es! Die hat uns angegriffen! Einfach superspannend.

Aber bin ich froh, dass so was nicht in echt passiert, sondern nur in erfundenen Geschichten. Das wäre sonst wirklich verflixt anstrengend!"

Endlich findet Chilli, was sie sucht.

„Da ist es ja!" Sie schlägt das Buch auf, steckt ihre Nase zwischen die Seiten – und *schwups* hat sie sich schon wieder festgelesen. Ohne aufzusehen, klettert sie zurück in die Hängematte.

ATTACKE!
HACH, IST DAS CHILLIG HIER!
GIBT NICHTS BESSERES ALS EIN SPANNENDES BUCH!

ICH GLAUB, DAS IST MEIN NEUES LIEBLINGSBUCH!
SCHMÖKER
SCHMÖKERSCHMÖKER
NIMM DAS, DU GLIBBERKOPF!
OH NEIN! DAS ARME BUCH!

PLITSCH!

„He!" Chilli stürzt sich auf den Putzeimer und fischt schnell das pitschnasse Buch heraus.

„Spinnst du?! So geht man doch nicht mit Büchern um!", fährt sie das zitronengelbe Glibbermonster an. „Hat dir das in der Monsterschule niemand beigebracht?"

Plötzlich kratzt sich Chilli an ihrem Hut. „Äh, Moment mal? Wieso Monster?" Wo kommt dieses schreckliche Ungeheuer denn auf einmal her? Also so in echt! Aus Büchern kennt sie so was natürlich. Aber ... aus welchem Buch noch mal?

Chilli schnappt sich das nächste vom Stapel, blättert durch die Seiten – und landet schon wieder schmökernd in der Hängematte. Anstatt ihr Schiff gegen eine Horde Monster zu verteidigen, erkundet sie eine echte Geisterinsel. Jedenfalls in ihrem Kopf.

DAS IST JETZT UNSER SCHIFF!
ACH JA?
ZOSCH
LEGE DICH NIE MIT PUDDING AN!
AHHH
MEIN LIEBLINGSSTAUBWEDEL!

Ich rette dich, Wedelinchen!
So einen Firlefanz brauchen wir hier nicht!

PLATSCH!

„Was soll das denn? Ich bin mit dem Kapitel doch noch gar nicht durch!" Prustend taucht Chilli auf und spuckt in hohem Bogen eine Ladung Meerwasser aus.

Sie hangelt sich an der Badewanne hoch, legt ihr Buch zum Trocknen in die Sonne und setzt sich tropfend neben Pudding. Die Piratin streckt die Beine aus, verschränkt die Arme hinter dem Kopf und seufzt zufrieden.

„Eigentlich doch ganz praktisch, oder? Jetzt, wo wir kein Schiff mehr haben, kann uns auch niemand mehr angreifen! Das hat ja auch so genervt. Immer dasselbe: erst entern, dann kentern. Da komme ich ja kaum mehr zum Lesen."

Sie greift nach einem Buch – aber es ist pitschnass!

„Macht nix. Bis der Meereswind alles trocken geblasen hat, mach ich einfach die Augen zu. Träumen ist fast genauso schön wie schmökern!"

Keine Minute später schnarcht Chilli tief und fest. Und Pudding schnappt sich ihren Lieblingsstaubwedel.

Na, dann mach ich hier mal etwas Ordnung.
GROAAR
Was war das denn?

GRRRR!

Chilli blinzelt müde.
„Was'n da los?", murmelt sie. „Klingt wie ein schlecht gelaunter Brummkreisel!" Sie lauscht. „Ach Quatsch, das ist ja nur mein Magen! Der knurrt lauter, als ein Sägefisch mit den Zähnen knirschen kann!"

Allerdings gibt's weit und breit nichts zu mampfen – die ganzen Vorräte sind Fischfutter und schwimmen im Wasser! „Ich hab doch sooo Hunger!", jammert Chilli. Ihr Blick fällt auf das Kochbuch, das an der Leine baumelt. „Hm, vielleicht schmeckt das nach dem, was drinsteht?" Die Piratin zupft das Buch herunter und knabbert vorsichtig daran. Doch so lebhaft ihre Fantasie auch ist: Selbst das tollste Kochbuch der Welt schmeckt am Ende einfach nur nach Pappe. Deshalb macht Chilli noch mal die Augen zu, um wenigstens von etwas Leckerem zu träumen. Leider träumt sie nur von einem wütenden Grizzlybären – der brummt genauso wie ihr leerer Bauch.

In dem Moment verpasst ihr Pudding einen Stups, zeigt mit der Pfote Richtung Horizont und maunzt wie verrückt. „Was ist denn?" Die Piratin rückt ihren Hut gerade und späht in die Ferne. Dann springt sie auf, drückt Pudding fest an sich und jubelt los. „Land in Sicht, wir sind gerettet!"

UI!
EINE EINSAME INSEL!
VOLL COOL, DIE SCHAUEN WIR
UNS JETZT GENAUER AN!

KNIRSCH!

Ooooh, wie gut sich der weiße Sand unter Chillis Füßen anfühlt! Endlich Schluss mit dem elendigen Gewackel und Geschaukel!

„Das ist ja toll hier! Wie in einer meiner absoluten Lieblingsgeschichten!“ Chilli lässt ihren Blick über die Insel schweifen. Palmen mit leckeren Früchten, ein rauschender Wasserfall, duftende Pflanzen.

„Autsch!" Chilli hüpft auf einem Bein. Und *bissige* Pflanzen! Eine hat sie einfach in den großen Zeh gezwickt! Ansonsten ist alles ruhig. Weit und breit kein anderer Pirat, der die Insel für sich haben will. Nur ein schräger Vogel sitzt auf einem Ast und gackert. Und ein Affe übt Kopfstand auf einer Kokosnuss.

„Yippie!" Chilli macht einen großen Freudenhüpfer und wirft ihren Piratenhut in die Luft. Der landet auf dem Boden und krabbelt davon. Ach nein, da drunter steckt eine Schildkröte. „Huch, Entschuldigung!" Schnell befreit Chilli das kleine, grüne Knubbeltier.

„Das ist eine einsame Insel, Pudding!", jubelt die Piratin. „Wir können hier tun, was wir wollen! Erst essen wir was – und dann suchen wir uns den chilligsten Platz der ganzen Insel!!"

HIER LANG, PUDDING!
ICH WETTE, DA IST DER CHILLIGSTE PLATZ.
DER HIER?
ODER DER?
HM ...
HM ...

Oder doch lieber der da?
Verflixt schwere Entscheidung!
Schauen wir lieber noch mal dort hinten!
Seufz ...

GRRRRR!

Chilli zuckt zusammen, Pudding wackelt mit den Ohren. „Mein Knurrbauch war das diesmal nicht. Ich bin pappsatt!", stellt die Piratin klar. Sie blickt sich suchend um. Allerdings ist es inzwischen fast dunkel und jeder noch so kleine Schatten sieht aus wie ein Gespenst. Etwas raschelt. Etwas knistert. Und ... flüstert da jemand?

„Vielleicht ist das ja doch die Geisterinsel aus meinem Buch?", wispert Chilli, während eine Gänsehaut kalt hinter ihren Ohren kribbelt.
Pudding faucht in die Dunkelheit.
„Grrrrrr", knurrt es zurück.

„Knurren Geister?", fragt Chilli leise.

Ihre Zähne klappern ein Gruselkonzert.

Und dann – Schritte!

Ein seltsamer Windhauch lässt Chilli erschaudern.

„Das ist wirklich die Geisterinsel, Pudding! Garantiert", haucht sie. „Die Seemonster gibt's schließlich auch in echt!"

Hallo? Ist da jemand?
Das ist bestimmt ein Geist!
BIBBER

So klingt doch kein Geist. So klingt ein Staubsauger, wenn eine Packung Reissnägel in den Beutel rattert!
Bestimmt haben wir uns nur verhört.
Legen wir uns lieber irgendwo schlafen. Bin müde wie eine Schildkröte vorm Winterschlaf!

MOOOMENT!
ERST EIN BISSCHEN
SAUBER MACHEN!
GAAHN!

KRRRRCHZ

„Was war'n das schon wieder?"
Chilli gähnt und lauscht.
Da schnarcht jemand!
„Mensch, Pudding. Ein Wildschwein hat bessere Manieren als du!"
Verschlafen tastet Chilli nach ihrer Katze. Aber komisch! Seit wann ist Pudding denn so zottelig! Die fühlt sich ja an, als hätte sie in eine Steckdose gefasst!
Chilli reißt die Augen auf.
Das ist nicht Pudding!

Aber auch kein Geist. Das sind …

„Eindringlinge!", ruft die faulste Piratin der Welt.

Vor ihr stehen ein Pirat und ein Hund.

„Selber Eindringlinge!", ruft der Pirat.

„Hä? Gar nicht! Das ist unsere Insel. Pudding und ich waren zuerst hier", patzt Chilli und stemmt die Arme in die Seiten.

Der Pirat kneift die Augen zusammen. „Komisch. Ich seh gar kein Schild, auf dem eure Namen stehen", patzt er zurück.

„Ist trotzdem unsere, du Dusseldösel!"

„Kann ja jeder sagen, du Motzbirne!"

Was hast du denn da Tolles?
Das ist das neue Schrubb-Und-Weg 2000! Riech mal!
Und ich hab hier Schmusi. Die weichste Wolle der Welt!

WOOFF
HUCH ...

„WOFF! WOFF!"

Chilli macht lieber einen Schritt rückwärts.
„Beiß mich bloß nicht, du Zottelmonster!", ruft sie und knurrt sicherheitshalber ein bisschen zurück.

„Pizza mag nur keinen Streit", sagt der Pirat. „Na ja, und eigentlich hat er recht. Jetzt sind wir nun mal alle auf dieser einsamen Insel gestrandet, also müssen wir auch miteinander zurechtkommen."

Er hält Chilli seine Hand hin. „Ich bin Pelle. Und das ist Pizza!" Der Hund wedelt freundlich mit dem Schwanz. „Frieden?" Chilli seufzt und will gerade Pelles Hand ergreifen, da fällt ihr Blick auf das Buch in seiner Tasche.

„Also das geht ja mal gar nicht!"

Du liest Gedichte?
Und du Gruselgeschichten?
Book Club
Geistergeschichten sind einfach nur ...
Book Club

BÄH!
PAH! DU HAST DOCH KEINE AHNUNG!
BOOK CLUB

GEDICHTE? WAS LANGWEILIGERES GIBT'S JA WOHL NICHT.

DU POPELSCHLONZER!
DU DUSSELDÖSEL!

KNIRSCH

Langsam versinkt die Sonne im Meer und pinselt den Himmel granatapfelrot an. Das Wasser glitzert und funkelt in ihrem Zauberschein. Es sieht aus, als hätte ein berühmter Magier sich heute um eine ganz besondere Abendvorstellung gekümmert. Aber Chilli guckt nicht mal hin. Sie läuft auf und ab und ab und auf. Dabei knirscht sie so laut mit den Zähnen, dass beinahe der Boden wackelt. Ein Sandwurm verzieht sich schimpfend in sein Loch.

„Oh, dieser schreckliche Pelle!", ruft die Piratin. „Am liebsten würde ich ihn mit einer Rakete auf den Mond schießen. Oder per Flugtaxi in die Wüste!"

Aber das geht natürlich nicht. Sie kann nur einen großen Bogen um Pelle machen.

Also theoretisch. Denn nicht mal das klappt auf so einer winzigen Insel.

Ich muss mal.
Ganz dringend!
Besetzt!

Juhhu! Los geht's! Planschen!
Da ist es toll, Pudding!
Besetzt!

AAAAAH!

Chillis Wutschrei hallt von Palme zu Palme. Eine wirft vor Schreck alle ihre Kokosnüsse gleichzeitig ab. Ein kleiner Salamander kann gerade noch in Deckung huschen.

„So geht das nicht weiter! Ich muss mir was einfallen lassen. Aber was?“

Ihr Blick streift eine bunte Schnecke. In allerbester Faule-Piratinnen-Manier kriecht sie gemütlich über den Boden. Träge wackelt sie mit den Augen und hinterlässt eine schmale, glitzernde Schleimspur.

„Ha!", ruft Chilli. „Das ist es!"

Sie sammelt kleine Kieselsteine und streut eine feine Linie.

Rums!

Erst als sie mit Pelle, Rücken an Rücken, aneinanderstößt, merkt sie, dass der gerade genau das Gleiche macht!

„Pizza und dir gehört die eine Hälfte der Insel. Und Pudding und mir die andere! Kapiert?“, macht sie ihm klar.

„Das war meine Idee, du Pupspferd!“, motzt Pelle.

„Gar nicht, du Schnurzschnösel!“, stänkert Chilli zurück.

Aber soll Pelle doch meckern, so viel er will. Ab jetzt hat sie ja endlich wieder ihre Ruhe!

BOOK CLUB
BOOK CLUB
BOOK CLUB

BOOK CLUB
BOOK CLUB
BOOK CLUB

SCHWING SCHWANG

„Hach!", seufzt die faulste Piratin der Welt glücklich. Endlich schaukelt sie wieder ungestört in ihrer Hängematte. Sie streckt die Hand nach ihrem Buch aus. Aber … „Das gibt's doch nicht!"

Da ist kein Buch! Chilli setzt sich auf. Auch das noch! All ihre Schmöker liegen auf der anderen Seite. Bei diesem schrecklichen Pelle! Und dann hört Chilli auch noch dieses Geräusch.

Ein leises, sanftes Rischelrascheln. Ein Geist? Quatsch mit Fischsoße! Das ist das schönste Geräusch der Welt: ein Buchblättergeräusch!

Da drüben liegt Pelle und liest! Und Chilli kann nur dumm aus der Wäsche schauen!

„He! Psst! Pudding", flüstert sie. „Du musst dich heute Nacht da rüberschleichen und mir die Schmöker holen! Ohne meine Gutenachtgeschichte kann ich nicht einschlafen. Und ein Tag ohne Buch ist schlimmer als Rosenkohlsuppe, kratzige Unterhemden und Windpocken gleichzeitig. Äh, Pudding? Wo steckst du denn?"

Seltsam ... Pudding ist weg!
Wo steckt die denn bitte? Wurde sie etwa von Geistern entführt? Ach was. Sie schrubbt bestimmt nur ein paar Sandkörner sauber.
Also holt Chilli tief Luft und schleicht auf Zehenspitzen durch die Nacht.

Ohne Pudding ist es echt gruselig hier!
Pudding? Bist du hier irgendwo?
Pudding?
Huch!

RUMMS!

„Du schon wieder“, ruft Chilli. „Du knarzige Knatterhose!“

„Was machst du auf meiner Seite, du olle Latschenliesl?“, schimpft Pelle.

Bevor Chilli eine gute Ausrede eingefallen ist, hören sie auf einmal Schritte in der Dunkelheit. Keine Hundepfoten. Keine Katzentapser. Schwere Schritte. Wütende Schritte! Gruselige Schritte!

„Das sind doch Gespenster“, wispert Chilli. Die hat sie bei dem ganzen Ärger komplett vergessen! Ohne es zu merken, fasst sie nach Pelles Hand.

„Die gibt's doch nur in Büchern, oder?", flüstert der Pirat zurück. „Und auf echten Geisterinseln!", ergänzt Chilli und ist zum ersten Mal froh, dass Pelle an ihrer Seite ist.
Allerdings – sind es gar keine Geister!
Aber das macht die Sache leider auch nicht besser.

Das ist jetzt unsere Insel!
Meine Fäuste riechen nach Krankenhaus!
Du hast doch nicht mal Finger!
Piiiiiiizza!!!
Puuuuudding!
Weg hier, Chilli!

Erzähl doch mal. Was ist dein grösster Traum?
Die werden ja wohl einmal ohne uns zurechtkommen!
Mein Traum ist ein eigenes Strandklo – für Piratinnen mit dem besonderen Anspruch. Das schrubbe ich dann zehnmal am Tag blitzeblank! So, dass man von der Klobrille essen kann. Also, theoretisch!

Ich will meine eigene Boutique eröffnen. Supersanfte Pullis aus Schmusiwolle. Handgestrickt natürlich. Für das moderne Tier von heute.
PIZZA Fashion
Hach ja ...

WUOOOAH!

Von links kommt ein achtarmiges Ungeheuer auf Chilli und Pelle zugeschossen. Von rechts ein grünes Monster mit Hut und eins, das aussieht wie eine Mandarine mit Hörnern. Und von vorne das zitronengelbe Glibbermonster und ein Pirat mit Holzbein! Alles geht so schnell. Chilli weiß gar nicht, wo sie zuerst hinschauen soll. Pelle geht es auch nicht anders. Beide zittern wie Palmwedel im Gegenwind.

„Was machen wir denn jetzt?" Chilli duckt sich hinter einem Stein.

„Wir müssen uns wehren!", erwidert Pelle. Er geht hinter einer Palme in Deckung.

„Aber wie denn?", fragt Chilli. Schließlich hat so was bisher immer Pudding für sie gemacht!

„Na mit ... ähm ...? Händen und Füßen? Mit Kokosnüssen und Muscheln?" Auch Pelle sieht sehr ratlos aus – schließlich hat so was bisher immer Pizza für ihn gemacht.

„Klingt nach einem Plan!", findet Chilli.

„Eins, zwei, drei – Attacke!"

PLONG
PLONG
GESCHAFFT!
LANGSAM HAB ICH KEINE LUST MEHR. ICH BRAUCH 'NE PAUSE.

ATTACK… GÄÄÄÄÄÄÄÄÄÄHN!
SCHNAPPT SIE EUCH!
DIE MACHEN SCHLAPP – DAS IST DIE CHANCE!

SCHNARCH
WAR JA KLAR, OHNE UNS GEHT GAR NIX!

BOING!

Chilli schreckt aus ihrem Nickerchen.
„Schade", nuschelt sie. „Hab gerade so schön geträumt. Von einem guten Buch und meiner kuscheligen Hängematte …"

Sie verschränkt die Arme und schmollt. „Außerdem – ich hab wirklich keine Lust mehr auf Zoff. Ich will einfach nur meine Ruhe und ein bisschen chillen!"

Pelle stemmt die Arme in die Seiten. „Aber wirklich. So ein Stress. Da machen wir nicht mehr mit. Wir streiken!“

BOOK CLUB
CHILLEN STATT KILLEN
STOP
SCHLAF GUT
Chill mal
BOOK CLUB
Chill mal
CHILLEN
STOP

KRRRCHZZZ

Ratlos kratzen sich die Angreifer an ihren Köpfen. Alle gleichzeitig. „Aber ihr müsst euch doch wehren!", ruft das grüne Monster mit Hut.

Chilli zuckt mit den Schultern. „Wieso denn?"

„Weil sich das als Piraten so gehört. Der eine will das, was man selber hat – und man muss es verteidigen!", erklärt das gelbe Glibbermonster. „So wie diese Insel zum Beispiel."
Da breitet Pelle die Arme aus.
„Ist doch Quatsch. Hier ist Platz genug für alle!"

Der Pirat mit Holzbein bläst verwundert die Backen auf. „Aber … Piraten müssen nun mal anderen ihre Sachen wegnehmen. Und erobern und das alles!"

„War schon immer so – und bleibt auch so", ergänzt das achtarmige Ungeheuer.

Allerdings schielt es dabei ein bisschen neidisch in Richtung Chillis Hängematte.

„Also hier muss niemand irgendwas“, erwidert die faulste Piratin der Welt. „Obwohl … eins ist auf der Insel hier Pflicht …“

Äh, also was sollen wir genau machen?
Ganz einfach. Hier 'ne Decke hin und chillen. Wer mag, kann auch ein bisschen mit mir putzen. Oder wir kochen uns was Leckeres.

Und am Ende alles noch mal gründlich umrühren.

PLÄTSCHER PLÄTSCHER

Chillis Hängematte schaukelt sachte hin und her. Im gleichen Takt wie die Wellen unter ihrem Piratenschiff. Sie stößt ein glückseliges Seufzen hervor, legt die Füße hoch und verschränkt die Arme hinter dem Kopf.
„Ach ja, das Piratinnen-Dasein ist eigentlich gar nicht mal so übel!" Pelle hisst die Flagge. „Ich freue mich ja schon darauf, wenn wir wieder auf unsere Insel zurückkommen.

Aber ein bisschen gemütlich die Welt zu entdecken ist auch nicht schlecht", findet er. Dann klettert er in seine Hängematte. Er reicht Chilli ein Buch rüber. „Das wollest du doch mal lesen, oder? Dafür krieg ich deins!"

Judith Allert

versteckt sich, seit sie alle Buchstaben gelernt hat, sehr gerne und ausdauernd zwischen zwei Buchdeckeln. Während sie in Bayreuth Neuere Deutsche Literaturwissenschaft studierte, veröffentlichte sie ihre ersten Kinderbücher. Heute lebt die Autorin mit ihrem Mann, vielen Tieren und in allerbester Faule-Piratinnen-Manier mit bergeweise Büchern auf einem alten Bauernhof in der oberfränkischen Pampa, wo sie sich beim Unkrautzupfen neue Geschichten ausdenken kann.

Franziska Höllbacher

studierte Mediengestaltung an der FH Salzburg. Danach verbrachte sie mehrere Jahre in Deutschland, wo sie als freie Illustratorin und Autorin arbeitete.
In den letzten Jahren hat Franziska mehrere Bücher veröffentlicht.
Humor, gepaart mit ernsten Themen, kennzeichnet ihre Arbeit, ebenso wie eine überdurchschnittlich hohe Anzahl an Katzen, die Franziska beim Illustrieren Gesellschaft leisten.